そらまめ

宮澤明壽　句集

青磁社

そらまめ＊目次

カバー銅版画　宮澤 洋
装幀　浜田佐智子

宮澤明壽句集

そらまめ

そら豆や黙認の眼となりゐたり

春

囀りにふくらみ切つてゐる一樹
やがて手に負へぬものまで草萌ゆる

まんさくのちりりと光り盗みたる

囀りを聞かむ眼鏡をかけなほし

虻いまやこの樹ひとつにかかづらふ

客人の未だ現れず桜餅

どの窓も少しづつ開け浅き春

赤ん坊を見せに来てをり桃の花

畦道はどこへも行けて百千鳥

留守にする春の障子となりにけり

大方は飛ばし読みして目借時
桜蕊散りつくづくと地べたなる

ぶうらりと鞄の影やほとけの座

恋猫の妖しき背中すべり出す

生と死のくぐり戸ひとつ花ミモザ

恋猫のかげのよぢれて戻りける

春寒やこけしの首の無彩色

改札のぱたりと閉まり啄木忌

ゆさゆさと乳房登り来春堤

退院の母にはにかみ豆の花

寒明けのただの鴉となり遊ぶ

冴返る夜の耳殊に大きかり

如月やまつ毛のごとき穴かがり

啓蟄や靡くごとくに人の来し

乳母車八十八夜の道平ら

老いのしづかに八十八夜の空の色

ゑそらごと描く筆ひたす春の川

危ふかり円の歪みししやぼん玉

薄氷のゆらりと天の動きたる

薄氷の指に傾く小天地

てにをはのない子のはなし豆の花

忽然と恋猫として現はるる

諍《あら》がひし夫に告げゆく春の雪

下萌の大方は名の知らぬもの

恋猫に醒めし枕を裏返す

納得に遠き眉宇らし榛の花

気後れの忽ちに解け犬ふぐり

順調に老化の兆し花菜漬

一と枝に預けしいのち剪定す

締め切りの目鼻つきたり桜餅

かげのなきもののしづけさはるのあめ

剪定のここに極まる棒一本

ゆく春や和紙たわたわと巻き返す

人も好きひとりもよくて春の雨

しんがりの影に瑕なし夏兆す

ゆつくりと鴉の過ぎる寒の明け

和綴本ふんはり開く朧の夜
だまし絵やあの梢にも百千鳥

少しづつ離れて坐り梅日和

冴返る夜や口萎えしごとくをり

企みし児の目いきいき春の泥

草の芽の判じ得ぬまま育ちをり

玄関に虚ろな闇や寒戻る

虹のいまこだはつてゐるこの一樹

短篇の色はとりどり春灯

冥土までまだ日は高し花菜風

菜の花やしづかに抱くこころざし

うすら日や白濁したる春障子

寝落つ子の石なる背や百千鳥

春陰や屋根の傾斜に猫の耳

卓の上あれこれいつか春の色

児の不思議まだ蹤いてくる春の影

春の猫抱きだんだんと猫の顔

朧まとひてのつそりと猫帰る

白梅や自問の歩み佇める

話下手どうしの電話花曇

鳥帰るおのれの声の満てる中

修司忌の祖国や街の水の音

きさらぎの光りの中の子の遺影

夏

若葉風あたまの数の枕干す

蜥蜴ゆきひかりの紐の残りけり

蛇川を渡りて川のほどけたる

欲いつかあはあはとして冷奴

読み耽る蠅打たねばと思ひつつ

眼が先に歩き出しをり白牡丹

羽衣の紐かも知れず蛇の衣

身に骨の戻りつつあり昼寝醒

宙の蚊を捕へし筈の掌

鍵に合ふ鍵穴ひとつ夏の月

選手らの上がりてプール力抜く

みづすましつついと弾けて別れけり

影踏みの的となりたり夏帽子

蟻蠓とひとりひそかに闘へる

老人に明日も同じ日冷奴

嘘本当みんな本当赤い薔薇

ががんぼの脚の卍《まんじ》に夢果つる

牡丹に虻わが身中に別の虫

つかまれてまだ弾みゐる裸の子

かたまりのやうに夫ゐる梅雨籠

紙の箱解きて平らに梅雨深し

西日受けとめペカペカと中華街

荷崩れしごとき身を置く籐寝椅子

蝙蝠のいのち弾みて飛び交へる

譲られし席浅く掛け青田風

籠枕夢のしづかに通りけり

何といふことなく暮れて冷奴

二度三度車庫入れの音凌霄花

何処か違ふ違ふと叫ぶ大西日

青簾して深海の魚の貌

ががんぼ死すけむりの如き足抱き

両手の荷俄かに重し凌霄花

蚊を追ふ目会話の中を動きをり

チェロの音の飴色沈む夜の秋

さみだれの上がりし道の匂ひかな

屈託の空より来たり桐の花

そのまんま歩かせておく腕の蟻

日盛りの手強き影となりにけり

夏蝶の乾きし音を捉へけり

締め出して蜘蛛がいつたい何をした

灼くる日の匂ひのままに夕迫る

グスコーブドリ弐圓弐拾銭曝書

サングラス滅びゆく世の空の色

蜥蜴の目金縛りとも挑みとも

あめんぼう平らに生きて出遅るる

無駄遣ひする気のけふの夏帽子

寝つくまで何処かに力熱帯夜

何事の無きも寂しや水を打つ

手控へること一つ増え走り梅雨

炎天の町それぞれの一人ぼち

少年の世はカキクケコ青林檎

夏草に寝て白雲に乗り移る

叱られてチャボのまた鳴く薄暑かな

牛蛙鳴きて視界の崩れけり

そらまめに黒き爪ある安堵かな

製材の香の坂に充ち夏来る

チェロの音のとろりと沈み夜の秋

腸抜いて烏賊の明るし夜の秋

帰省子に一直線の道ばかり

こんなんでよござんせうか曲り瓜

ねぢばなのねぢれはじめのはなひとつ
先生にせかされてゐる跣の子

炎昼の切り絵の町となりにけり

牡丹や翅あるもののたぢろがず

郭公やぽかりと空に穴のあと

炎天に負け犬の貌すでにあり

老いたりといへど派手目の夏帽子
かはほりの吐息か町の熟れ来る

もの捨てて息のひろがる梅雨籠

左官屋に暑きいちにち猫車

しんがりの影は踏まれず雲の峰

絞り出す記憶やひよいと金亀虫

待ち伏せのごとくにわつと栗の花

かげろふや重心狂ふ人の群れ

かげろひて縺れし足のやつて来る

秋

こほろぎやとろりと光る秘伝だれ

口火切らねばきらりきらりと唐辛子

いなご食ぶもろもろ見ざる思はざる

枝豆や捨つる句多きメモ用紙

草といふかたまりの影秋果つる

やはらかき雷聞いてをり冬支度

鰯雲あの辺りから有耶無耶に
戦ひの傷のひとつの諸嫌ひ

世に合はすことにも飽きぬ蛇穴に

門火焚く佛の知らぬ顔連ね

佇めるごとく世にをり青ふくべ
瓢簞の中のただただただ伸びしもの

糸瓜忌や己れに甘き肘まくら

霧深しわたしも霧の中の粒

よく聴けと給はりし耳秋の夜

音もなく折れし口紅秋暑し

台風を待つしづけさの町あかり

歪みつつ踏みとどまりし芋の露

読みさしの角小さく折り居待月

外を見てゐるガラス戸の秋の蠅

説明書声出して読む冬隣

野尿りの男追ひ抜き文化の日

桔梗や正論に飽く電話口

白菊のほか一切を省きけり

鰯雲さまざまなもの捨てて来し

かうやつて戦争は来る鶏頭花

花木槿町はいつものやうに醒め

実石榴のぐらぐら喘ふ風の空

神々の散らかし給ふ秋の雲
やはらかく生きたし白の曼珠沙華

夕澄めりするりと烏賊の腸抜きて

花葛ややがて消えゆく氏ひとつ

帰りたし東京のあの坂の月

鰯雲こころの隅にユダひそみ

晩年の思はぬ長さ鰯雲

鰯雲人の背中といふ言葉

踏み切りのばつさりと切る月の道

やはらかき道を給ひし無月かな

老人は老人いとし菊膾

祝電のあとの省略実南天

長十郎梨絶えてやさしき男たち

またひとつ窓閉めに立つ夜の柿

新松子気弱くなりし眉立つる

あけび売るどこども違ふ灯しいろ

糸瓜忌の糸瓜とめどもなしに肥ゆ

栞して今日はここまで秋灯

八月や自堕落といふ安らぎに
東京を捨て見え過ぎる鰯雲

錦木落葉ほんのりと甘さうな

鰯とも鯖とも違ふ鱗雲

甘さうな色になりつつ月昇る

鶫鳴きてわたしの庭も統べるらし

組み直し組み直しつつ雁の列

テロップのざわざわ流れ虫の夜

蓑虫の揺れを見てをり人疲れ

遠い日になるのが怖し酔芙蓉

胡桃の実なに考へてゐるのやら
鈍行のあけびの色を捉へける

はつつと空あり烏瓜下がる

何もかも息切れ草の絮吹く

満月の互ひに怖き足の音

葡萄種吐きて口出しせぬつもり

やむはずの雨のいちにち草の花

いきいきと生くるつもりや新豆腐

ちりぢりに別れて駅の秋夕焼

実石榴や罵詈雑言を聞き流す

水澄むといふ頃よりの誘眠剤

勝ち馬の秋の余白を駈けてをり

冬

曳き出して犬の小屋にも鬼の豆

着ぶくれて人憎むことすぐ忘る

ガラス戸の外を見てゐる冬の蠅

ポケットに帰りの切符雪の山

わがものと思へぬ影の着ぶくれる
どうといふことなき雪の日の暮るる

駅離るほど寒燈の蒼ざむる

ピカソの青わたしに枯れの色のとき

老人の老い難くをり冬薔薇

風花に佇ちうすうすと恋の果

二日詠まねばどんみりと寒海鼠
ただよひて十一月のみづすまし

雪虫の話しの腰を折りに来し
綿虫の綿の重たくなりてきし

忘年会貧しき耳のイヤリング

悴みてもう師の声もうはの空

綿虫のふうはり私ふんはりと
白鳥のいま白をもて闘へる

貝汁の色の不思議も冬の夜

湯あがりの子の額広し冬はじめ

飲食に十指せはしく寒の雨
きらびやかに本堂寒し忌を修す

わからない虫のぬけがら冬日差

冬麗の空張りつめてゐる不安

正月の雨戸を引いていつもの夜

どことなく三日の部屋といへるもの

人日やさてとひとりの声かけて
正月の放心にゐる一つ刻

ガレージの隅のかまくら赤い靴

一月や真一文字に日の過ぎし

シースルーエレベーター下降冬帽も

貫禄の何やら解せぬ寒海鼠

晩年の永き有耶無耶寒に入る

荒ら星やここから怖き角いくつ

忘れたき程のことなき忘年会

ゆけむりのごとく湯葉炊き雪催

白鳥の静かに分ける鴨の群

蠟梅の風通はせる心の鬆

足首をむずと摑まれたる寒さ

冬麗の空ぴつちりと行き詰まる

枯野見る眼差し何処へともなしに
風花や音なき空のありにけり

少しだけ人間嫌ひ葱刻む

一家言無くては済まぬ白き息

腸抜きて烏賊の空つぽ雪催

蹤きてくる足音の外れ冬の霧

枯蓮のもつと向かふを見てゐたる
白鳥の声の錆色充満す

空にひび男が叩く干布団

手に余ることはそのまま小つごもり

枯れてまた判らずなりし名の一樹

太刀魚のふくふく焼けて雪催

枯蘆やポキポキ喋る留守電話

冬雲ののんのんとゐる鏡かな

前から木枯うしろからバイク音

吊革の影の併走山眠る

黒セーター着て一切を胸の中
欠伸して別の顔なり小六月

深雪晴微塵のごとき人の声

鮟鱇の残りし口を片付ける

日向ぼこほこと口開く音ひとつ

主婦の座の長し三日の朝の月

風花や子の遺したる髭剃機

大寒やこけしのうなじ無彩色

縄梯子寒満月より降ろさるる
冬麗の張りつめてゐるガラス窓

また少し日の射して来し雪蛍

雪はげし鏡の中のシャンデリア

来る人は来てしまひけり初時雨

漉きむらと云ふべき空や冬はじめ

寒禽を追ふ眼そのまま夢に入る

綿虫のゆくへ私の目の行方

あとがき

平成二年に俳句をはじめてから同二十八年までの句の中から選びました。初めての句集です。

ここまでに石寒太先生、中嶋鬼谷先生、それから俳誌投句の折り温い選評の数々を下さいました大牧広先生のお教えをいましみじみ思い出しております。

深く感謝申し上げております。

この句集の上梓につきましてゆきとどいたお世話を頂きました青磁社の永田淳様はじめ関係の皆様に厚く御礼申し上げます。

平成二十八年五月

宮澤　明壽

著者略歴

宮澤 明壽 （みやざわ・めいじゅ）

昭和５年　東京麻布霞町生まれ。
平成２年　ＮＨＫ通信俳句講座受講。併せて東京練馬、埼玉北坂戸句会にて学ぶ。
平成３年　「炎環」(石寒太主宰)入会。
平成10年　第一回炎環賞受賞。
平成15年「雁坂」(中嶋鬼谷主宰)入会。
平成20年「雁坂」解散後、「扉」の原雅子さんを中心とした句座に出る。

現住所　〒350-0214　埼玉県坂戸市千代田2-19-15

句集　そらまめ

初版発行日　二〇一六年七月十五日
著　者　宮澤明壽
発行者　永田　淳
発行所　青磁社
京都市北区上賀茂豊田町四〇―一（〒六〇三―八〇四五）
電話　〇七五―七〇五―二八三八
振替　〇〇九四〇―二―一二四二二四
http://www3.osk.3web.ne.jp/~seijisya/
印刷・製本　創栄図書印刷

ISBN978-4-86198-353-5 C0092